30 poemas para ler 20 para escrever

Eduardo Rodrigues

Ilustrações
Diogo Pace

Seleção dos poemas
Silvia Oberg

Coleção Palavra sobre Palavra
volume 1

EDITORA
ALAÚDE

Dados Internacionais de Catalogação na Publicação (CIP)
(Câmara Brasileira do Livro, SP, Brasil)

Rodrigues, Eduardo
30 poemas para ler 20 para escrever / Eduardo Rodrigues ; seleção dos poemas Silvia Oberg ; ilustrações Diogo Pace. -- 1. ed. -- São Paulo : Alaúde Editorial, 2005. (Palavra Sobre Palavra)

ISBN 85-98497-33-9

1. Poesia brasileira I. Oberg, Silvia. II. Pace, Diogo. III. Título.

05-8893 CDD-869.91

Índices para catálogo sistemático:
1. Poesia : Literatura brasileira
869.91

Coleção
PALAVRA SOBRE PALAVRA
Volume 1

Editor
Antonio Cestaro

Editoração Eletrônica
Eduardo Rodrigues

Ilustrações
Diogo Pace

Seleção dos poemas
Silvia Oberg

Revisão
Joana M. M. Garcia

Alaúde Editorial Ltda.
R. São Paulino, 221 - CEP 04019-040 - São Paulo - SP
Telefax: (11) 5572-9474 / 5579-6757
alaude@alaude.com.br
www.alaude.com.br

Convite ao leitor

Se você gosta de poemas, aqui estão alguns. Se você não sabe se gosta, também vale a pena experimentar estes versos, pois sempre é tempo de descobrir...

A poesia pode estar em muitos lugares: com certeza, nas páginas dos livros, mas também nas ruas, nos muros da cidade, na tela do computador, nas canções de MPB, estampada em camisetas ou nos lugares mais inesperados... Ela também pode ser escrita de muitas formas: pode ser longa ou ter apenas alguns versos, pode ser rimada ou não, pode utilizar a linguagem de um jeito mais fácil ou mais difícil, pode contar uma história ou simplesmente buscar, numa única palavra, toda uma carga de emoções.

Ao ler estes poemas, você perceberá que eles não foram escritos com a preocupação de falarem a respeito das coisas de forma tradicional ou de contarem um fato com começo, meio e fim. Se fôssemos fazer uma comparação, eles se aproximariam mais de uma fotografia do que de um filme, ou seja, eles buscam apreender um momento, uma sensação, um significado, de forma instantânea. Por serem curtos, por sua força de condensação, eles podem desencadear muitas emoções no leitor.

Brincando com as palavras, seus significados, sua sonoridade e ritmo, os poemas deste livro falam sobre gente comum e coisas comuns do cotidiano, passam pelo dia-a-dia da cidade grande, pelas emoções da paixão, pelos desafios da vida e pelo próprio fazer poético, tratados com ironia e bom humor. Com estes versos, você poderá experimentar vários modos de ler: sozinho ou em grupo, em silêncio ou em voz alta. E, provavelmente, descobrirá novos sentidos a cada leitura. Este é o grande segredo da poesia e, de resto, de toda a literatura: suas muitas possibilidades de sentido, que às vezes se revelam mais rapidamente e, outras, se ocultam, exigindo um olhar mais demorado.

Talvez em seu diário, numa folha de caderno ou num guardanapo de uma lanchonete, você também já tenha rabiscado algum poema... Por isso, o Edu lhe faz um convite, que está bem claro no título deste livro: que você leia os poemas, mas que também se arrisque na aventura de escrever os seus...

Agora, procure um cantinho sossegado, vire a página, escolha um poema e entre neste jogo...

***Silvia Oberg**, especialista em literatura infantil e juvenil.*

então tá bom
não é só sentido
palavra é forma é som

cada louco com sua mania
a minha
viver de alegria

penso que existo
não mudo de idéia
não desisto

perdi a memória
que pena
tinha tanta história

acordei estranho
só lembrei quem era
depois do banho

cicatriz
imprime na pele
a infância feliz

poema em punho
vou pra casa dela
mesmo sendo rascunho

rastro na areia
reconheço
é de sereia

seu cheiro no ar
entra pelo nariz
sai pelo olhar

ouça com calma
é pela voz
que se entra na alma

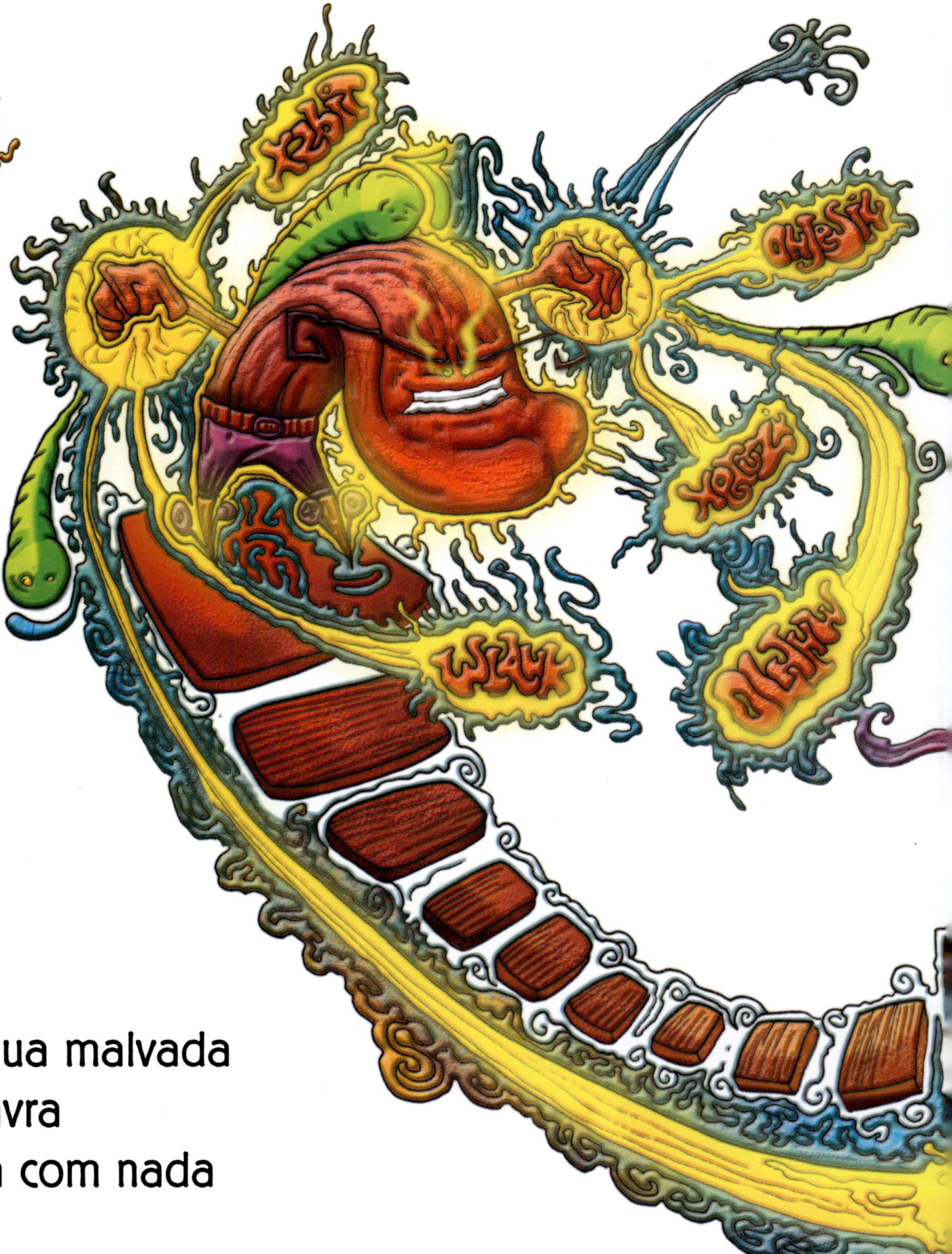

língua malvada
tem palavra
que não rima com nada

não adianta esperar
o tempo não passa duas vezes
no mesmo lugar

tem dia que é assim
quanto mais ando
mais longe fico do fim

pressa malsã
nunca tanto hoje
foi amanhã

um pouquinho por vez
assim aprendi
os sins os nãos e os talvez

de perto
mentira é uma verdade
que não deu certo

idéia brilhante
me escapa
a todo instante

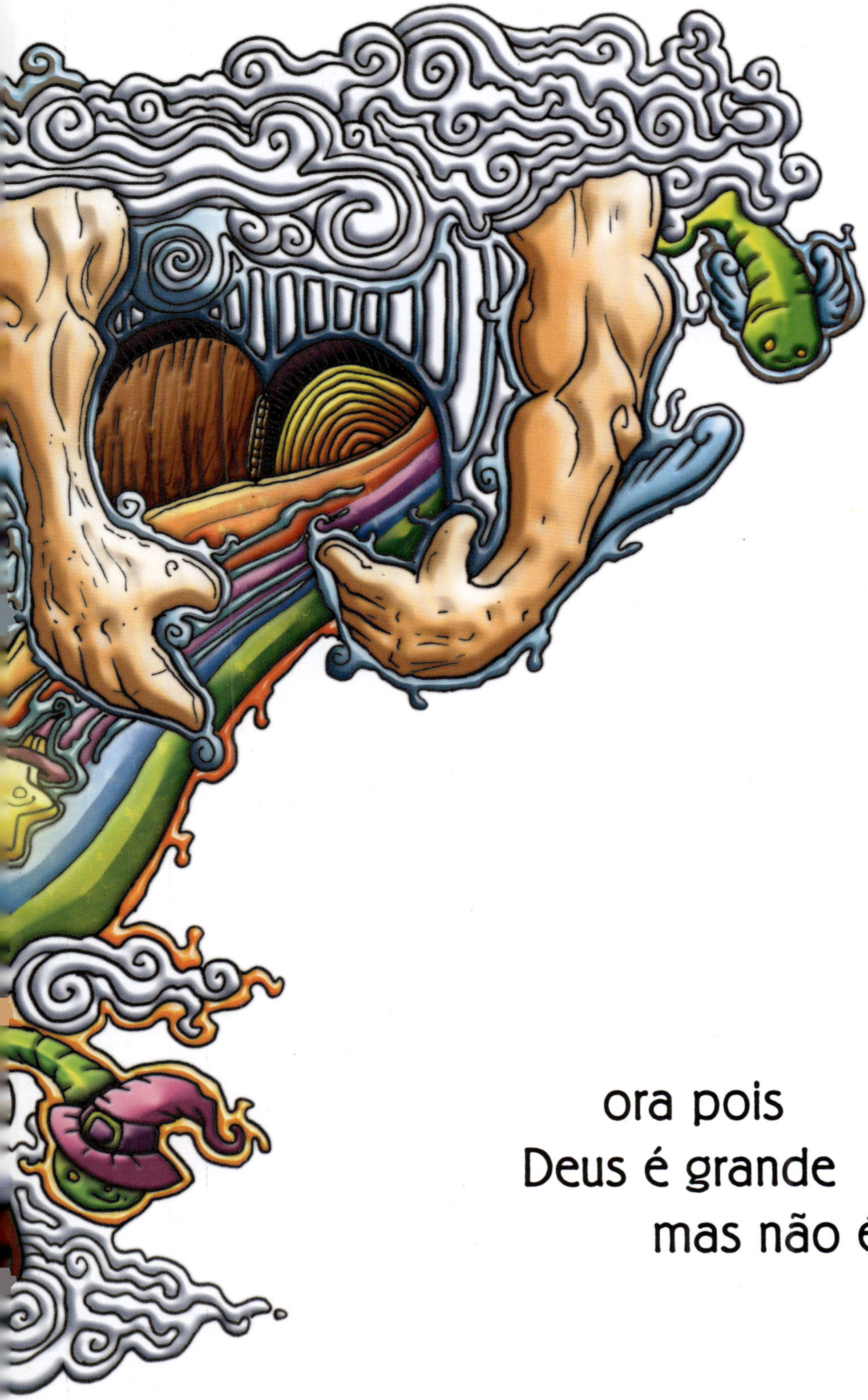

ora pois
Deus é grande
mas não é dois

lar é o que contém
as coisas da gente
e a gente também

frango com polenta
a tarde ficou
lenta

gripe
me prende na cama
com um clipe

a flor morreu
virou fruta
que alguém mordeu

nem vem que não tem
    não vai
que não adianta também

tô muito satisfeito
com o que não fiz
e com o que deveria ter feito

quase fui feliz
escapei por pouco
foi por um triz

miragem
ficou a sombra
sumiu a imagem

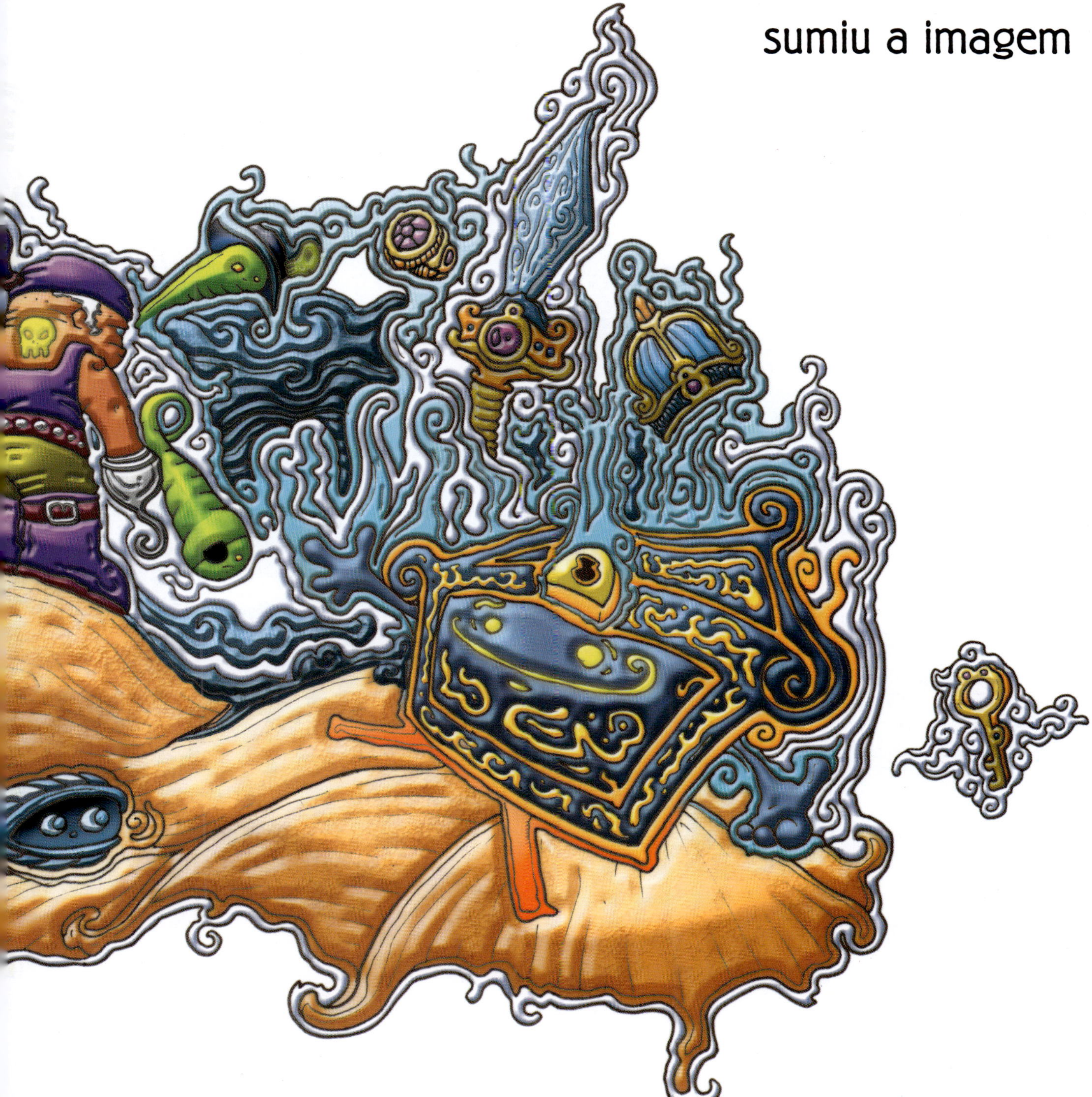

palavra renegada
perdeu o sentido
não diz mais nada

parceria bamba
entrei com um refrão
saí com um samba

pára de procurar
o que queres
está prestes a te encontrar

se sacode
se alguém fez
você também pode

E aí? Vamos escrever uns poemas em parceria?

Complete a última linha.

caminhão
perdeu o freio
____

agora não
daqui a pouco
____

porteira fechada
vaca boi bezerro
____

lado a lado
frente e verso

---

travessia
vazio profundo

---

senta e sente
no silêncio

---

mera incerteza
indiretamente

Está ficando mais interessante.

Agora você escreve as duas últimas linhas.

que ruindade

repara no retrato

chocolate

silêncio vazio

depois eu guardo

sombras na alameda

maldita úlcera

A poesia não vive só de rimas (você deve ter percebido no exemplo acima). Aproveite esse poema e, se quiser, os das próximas páginas para criar de forma totalmente livre.

Agora são todos seus.

Bons poemas!

Assim como não vive só de rimas, a poesia
não se limita a versos de três linhas.

Tente, ouse, busque criar novas formas e estilos.

Este livro chegou ao fim; espero que sua criatividade não. Continue escrevendo. Qualquer cantinho de papel é um bom local para colocar seus versos.

Se você quiser compartilhá-los comigo, envie-os para meu e-mail:
poesia@eduardorodrigues.com.br
ficarei muito feliz em recebê-los.

Um grande abraço! Eduardo Rodrigues.

Monte um livrinho em:

www.eduardorodrigues.com.br/livrinho

Esse livro é carinhosamente dedicado aos meus sobrinhos:

Juan Rodrigues Guimarães e Clara Leonardi Rosin